Eine wundersame Reise in die rätselhafte Zauberwelt des Märchenlandes mit Edith-Maria Soremba

illustriert von Marion Krause

Oldenburgische Volkszeitung Druckerei und Verlag KG

Bibliografische Information der Deutschen Bibliothek
Die Deutsche Bibliothek verzeichnet diese Publikation in der Deutschen Nationalbibliografie; detaillierte bibliografische Daten sind im Internet über http:dnb.ddb.de abrufbar

ISBN 978-3-88441-244-2

1. Auflage 2008

Druck: VDV Vechtaer Druckerei und Verlag GmbH und Co. KG, 49377 Vechta

Inhaltsverzeichnis

Geleitwort

Hier wird den Leserinnen und den Lesern ein Buch zugänglich gemacht, das nicht nur gelesen werden soll. Es soll dann auch nicht nur zum Vorlesen genutzt, sondern die Märchen sollen vielmehr erzählt werden.

Mit der Aufzeichnerin dieser Märchen aus dem Sudetenland, Edith-Maria Soremba, verbindet mich eine jahrelange Zusammenarbeit als Neuropädiater. Unsere gemeinsamen Sorgenkinder waren von Aufmerksamkeitsdefizitstörung und Lese-Rechtschreibschwäche betroffen. Auf diesem Gebiet hat Edith-Maria Soremba neue Methoden entwickelt und publiziert. Ihr Buch *Legasthenie muss kein Schicksal sein* erlebt eine Auflage nach der anderen. Es ist eine bemerkenswerte Eigenschaft der Autorin, alles was sie anfasst, anderen mitzuteilen und ihnen dadurch zu helfen. Dies gilt auch für ihre aus persönlicher Betroffenheit gewonnene Erfahrung im Umgang mit Patienten mit Amyotrophischer Lateralsklerose (ALS). Ihre Fähigkeit, eigene Erfahrungen für andere nutzbar zu machen, hat der Bundespräsident durch Verleihung des Bundesverdienstkreuzes gewürdigt.

Bei der jetzt vorgelegten Märchensammlung verfolgt Edith-Maria Soremba einen für sie neuen Ansatz: den der Prävention. Es kann inzwischen als gesichert gelten, dass die Medienverwahrlosung, insbesondere aber ungehemmter Fernsehkonsum, Aufmerksamkeitsstörungen und Schulversagen sowie Jugenddelinquenz fördert. Schon Johann Wolfgang von Goethe hat vor mehr als 200 Jahren in den *Zahmen Xenien* ausgeführt:

„Dummes aber vors Auge gestellt
hat ein magisches Recht.
Weil es die Sinne gefesselt hält,
bleibt der Geist ein Knecht.“

Mögen die Leserinnen und Leser dieser Märchen sich nicht nur an ihnen erfreuen, sondern auch die eigene und die Fantasie ihrer Kinder durch Weitererzählen fördern. Jede Stunde, die damit verbracht wird, schafft Freude und fördert die Entwicklung der Kinder.

Dr. Hartmut Koch
Kinderarzt, Neuropädiater

DANKE !

Wie dankbar kann ich sein, dass mir in meinem Leben so viele Menschen aus Familie und Umfeld so viel Gutes getan und mich mit Rat und Tat unterstützt haben.

Es galt beim Verfassen dieses Märchenbuches Zweifel zu überwinden: Sollte ich zuerst das Sachbuch zum frühen Lesenlernen kleiner Kinder fertigstellen oder meine Märchen niederschreiben?

Nun, einen besonderen Ansporn zugunsten des Märchenbuches bekam ich von meinen Enkelkindern und von den beiden ständigen Begleitern beim Niederschreiben meiner Bücher: Herrn Dr. Hartmut Koch und Herrn Joachim Pott.

Den inneren Impuls habe ich wieder von meinem geliebten verstorbenen Mann erhalten.

Dieses Märchenbuch ist meinem Mann, meinen Kindern und meinen Enkelkindern in Liebe gewidmet.

Edith-Maria Soremba

Vorwort

Liebe Leserinnen, liebe Leser, liebe Kinder,

in Zeiten, als es noch kein Internet gab, keine E-Mails und kein Fernsehen, als Bücher noch längst kein Alltagsgegenstand waren, wurden Geschichten erzählt. Abends bei Kerzenschein im Wohnzimmer oder am Bett der Kinder vor dem Schlafengehen. Von Generation zu Generation wurden sie weitergegeben. Und immer floss ein wenig von der Fantasie des Erzählers hinein und veränderte sie.

Aus dieser Tradition stammen die Märchen, die ich in diesem Buch aufgeschrieben habe. Meine Mutter erzählte sie mir als ich Kind war, vor vielen Jahren im Sudetenland. Später hat sie diese ihren Enkeln erzählt. Auch ich habe sie meinen Kindern, meinen Enkeln und meinen Schulkindern erzählt – und diese Märchen nun in meiner Märchensprache niedergeschrieben.

Über die Ursprünge dieser Märchen kann ich wenig sagen. Vieles entstammt der Fantasie meiner Mutter. Sicherlich basiert einiges auf Geschichten, die sie von ihren Eltern und Großeltern gehört hatte. Auch Einflüsse aus alten Märchenbüchern und überlieferten Sagen aus dem Sudetenland sind nicht auszuschließen. Niemals hat meine Mutter vorgelesen, immer hat sie frei erzählt. Ebenso habe ich es getan. Und auch ich habe meine Fantasie spielen lassen.

Den Kern der Märchen habe ich dabei nicht verändert, auch nicht versucht, sie auf ‚modern' zu trimmen. Das wäre ihnen nicht gerecht geworden. Sie spiegeln die Gesellschafts- und Rollenstrukturen wider, in denen die Menschen damals lebten. Sie spielen in der bergigen Landschaft des Sudetenlandes. In einer Zeit, als Emanzipation noch längst kein Thema war, in einer Welt von Königen und einfachen Leuten, von Adel und Bauern. In einer Zeit, in der Zauber und Wunder, Zwerge und Gruselwälder ganz nah draußen vor der Tür zu sein schienen. In der realen Welt, nicht im Kino oder auf DVDs.

Wie in allen Märchen geht es um das Gute, das sich am Ende durchsetzt. Und um die Menschlichkeit, die schließlich doch die Vorurteile und das Böse überwindet.

Es geht um Gefühle, Schmerz, Leid, Liebe und Glück. So wie in allen Geschichten, die sich die Menschen erzählen.

Und nun lade ich Sie ein, mich auf der wundersamen Reise in die rätselhafte Zauberwelt des Märchenlandes zu begleiten.

Ihre Edith-Maria Soremba

Kiwit komm mit!

Die Wunderblume im Gruselwald

Eine arme Witwe wohnte mit ihren beiden Kindern in einem kleinen Häuschen, das auf einer hellen Lichtung, doch in der Nähe eines dunklen Waldrandes stand. Dahinter solle ein Gruselwald liegen, auf dem ein böser Fluch laste. Kein Mensch, der ihn betreten habe, sei jemals wiedergesehen worden. So sei es auch dem Vater der Kinder ergangen, als er als Förster ein kläglich schreiendes Rehkitz aus einer Tierfalle befreien wollte, die im Innern des Gruselwaldes aufgestellt worden war. So raunten es sich heimlich die Bewohner des Bergdorfes zu.

Die verhärmte Mutter sprach nicht gern darüber, auch nicht mit ihren Kindern. Doch wenn das kleine Söhnchen, ein Wildfang, am liebsten mit dem Hütehund, den Wildkaninchen, den Eichhörnchen, selbst Schmetterlingen draußen auf den Waldwiesen herumtollte, dann rief sie ihm ängstlich und besorgt nach: „Hansi, laufe niemals in die Nähe des Gruselwaldes." Die Mutter und die Tochter Nicola hielten das bescheidene Anwesen in Ordnung, auch den kleinen Gemüse- und Obstgarten. Eine Ziege lieferte Milch und eine kleine Hühnerschar brachte täglich frische Eier. Gepflückte Waldbeeren und gesammelte Waldpilze sorgten für eine kleine Nahrungsergänzung, oder diese Dinge wurden zum Verkauf auf den Wochenmarkt ins Dorf gebracht. Dazu kamen auch aus Weidenruten geflochtene Körbe und Taschen. Der Förster sah häufig nach der kleinen Familie, und mitleidige Dorfbewohner brachten oftmals warme Bekleidung oder kräftige Nahrung.

Die Mutter nahm nur ungern und beschämt Geschenke an, sie grämte und verzehrte sich und verstarb. „Die Kinder können nach dem Tod der Mutter nun nicht mehr allein in der Hütte bleiben. Sie sollen am besten in einem Findelhaus untergebracht oder verteilt werden", so hörten es die beiden so unglücklichen verängstigten Kinder immer wieder von den Dorfbewohnern sagen, die oftmals nach dem Rechten sehen wollten.

„Brüderchen, komm! Wir lassen uns nicht trennen! Wir laufen schnell durch den Buchenwald. Hinter dem Gruselwald soll es ein Dorf mit guten Menschen geben. So hat es die Mutter oft erzählt. Unsere Schutzengel werden uns begleiten.“

So fassten sich die Geschwister fest an den Händen und liefen los, quer durch den grünen Buchenwald, der eng an den dunklen blattlosen Gruselwald grenzte.

Nun vernahmen die verängstigten Kinder fröhliches Vogelgezwitscher aus dem Buchenwald, jedoch unheimliche schrille Kreischtöne aus dem dunklen Gruselwald.

Da! Plötzlich flog ein kleines Vögelchen vor ihnen her. Mit seinen dunklen liebevollen Vogelaugen sah es die Kinder zutraulich an und zwitscherte mit lockender Vogelstimme: „Komm mit, kiwit, komm mit, kiwit!“ Und es trieb dabei die Geschwister zum immer schnelleren Laufen an.

„Den haben uns die Schutzengel geschickt!“, frohlockte die Schwester.
Und wieder: Da!

Plötzlich umgaukelte ein wunderschön – farbenfroh – prächtiger Schmetterling die beiden Kinder und berührte sogar Hansis Hand.
„Den will ich fangen!“ Hansi hatte sich von dem festen Handgriff der Schwester losgerissen und stürmte dem Falter nach – in den Gruselwald hinein. „Hansi! Hansi! Komm zurück. Die Sonne will doch schon untergehen.“

In großer Sorge um den kleinen Bruder betrat nun auch Nicola den verbotenen Wald. Unsagbare Angst kroch in ihr rasend klopfendes Herz. „Nicola, Nicola! Bleib stehen! Ich hab’ ihn gleich!“, hörte sie Hansis Rufe, die sich jedoch immer mehr entfernten.

Die Schwester wartete treu auf das Brüderchen. Dabei rannen ihr dicke Tränen über die Wangen.

Die Sonne war nun im Gruselwald hinter den drohend aussehenden dunklen Föhren untergegangen. Dort, wo Nicola gewartet hatte, stand jetzt eine wunderschöne silbern-weiß glänzende Lilie, von der ein betörender Duft ausströmte und ein zartes Glockengeläut erklang.

Der Schmetterling war dem Gruselwald entschlüpft, auch Hansi. Er stand auf einer Waldwiese. In einiger Entfernung sah er einen Bauern und eine Bäuerin, die die Heumahd mit dem Holzrechen und der Heugabel auf einen Ernteleiterwagen häuften. Weinend lief der kleine Junge zu ihnen. „Wie heißt du?“ „Ich weiß nicht.“ „Wo sind denn deine Eltern?“ „Ich weiß es nicht.“ „Wo wohnst du denn?“ „Ich weiß das doch auch nicht.“ So schluchzte der unglückliche Knabe immer lauter. Von tiefem Mitleid berührt, zog die Bauersfrau das jammernde Kind an ihr Herz und streichelte sein Haar. Auch dem Bauern standen Tränen in den Augen, die er sich verstohlen herauswischte. „Frau“, flüsterte er mit heiserer Stimme, „ist das nicht ein Wink des Himmels? Wenn der Kleine wirklich keine Eltern und sonst niemanden hat, dann nehmen wir ihn doch als lieben Sohn auf. Wir haben uns doch schon so lange vergeblich ein Kind gewünscht.“ „Das ist mir auch lieb, Mann“, meinte eifrig bejahend die Ehefrau. „Komm mit, du kleines Männchen! Du wirst hungrig, durstig und müde sein. Wir wollen dich Manni nennen.“ Bei diesen liebevollen Worten umschlang sie zärtlich den noch immer vor Schluchzen bebenden Kinderkörper und führte ihn ins Haus. Manni aß und trank nur wenig. Doch als sie ihn in ein weiches Kinderbettchen brachte – das immer wartend dastand – schlief er mit einem seligen Lächeln dankbar ein. Eng umschlungen standen die Bauersleute vor dem Bett des kleinen Findelkindes und bewachten seinen friedlichen Schlaf. „Mann, ob wir ihn wirklich behalten dürfen?“ „Erstmal sicherlich ja. Wir müssen aber den Bürgermeister fragen. Der wird mit dem Polizisten Ausschau halten, ob Eltern irgendwo ein Kind verloren haben.“

Auch der Herr Pfarrer wurde zu den Erkundungsgesprächen dazugeholt. „Der Böse ist immer um uns, und im Gruselwald treibt er ein schreckliches Unwesen.“ Der hochwürdige Herr Pfarrer wollte noch besonders innig für dieses Kind beten, und es dürfe auch erstmal mit Gottes Segen in der behütenden Obhut der Bauersleut bleiben. Den Dorfkindern sollte aber eindringlich aufgetragen werden, den verschüchterten Neuling nicht mit demütigenden Fragen zu quälen.

Am Tage war Manni ein fröhliches Kind, das sich eifrig bemühte, seinen Eltern überall zur Hand zu gehen und ihnen Freude zu bereiten. Als Spielgefährten hatte er den kleinen Hütehund ausgewählt, mit dem er fröhlich lachend auf den Bergwiesen herumtollte.

Doch in den Nächten wurden die Eltern in immer kürzer werdenden Abständen von den lauten Angstschreien des kleinen Jungen geweckt. Wenn sie ihn aufrüttelten und nach dem Grund seines Kummers befragten, dann vermochte er ihnen immer nur schluchzend zu antworten: „Ich weiß es nicht!“

Da stand ein Entschluss der Bäuerin fest. Ihren Mann brauchte sie dazu nicht zu befragen, der von solchem Zeugs nichts wissen wollte. Sie suchte die Wald-Wawa auf, die in einer kleinen Hütte am Ende des Buchenwaldes wohnte. Die konnte voraussagen und Kräutertränkle brauen, mit denen sie schon manchem geholfen hatte.

„Der Kleine wird wohl in den Gruselwald geraten sein. Ein Glück, dass er überhaupt wieder rausgekommen ist. Ich will in meinem Kräuterbuch nachschauen. Warte ein Weilchen!“ Sie war plötzlich hinter einer Brettertür verschwunden, aus deren Ritzen alsbald starke wohlduftende Kräutergerüche strömten und eigenartige Murmeltöne zu vernehmen waren. Mit einem von getrockneten Waldkräutern gefüllten kleinen Weidekörbchen kam sie wieder. „Da, gib dem Kind nun jeden Abend vor dem Schlafengehen von diesem Kräutertrank! Das wird helfen! Der Junge weiß wirklich rein gar nichts mehr. Quält ihn niemals mehr mit Fragen. Aber es wird alles wieder gut werden. Ich habe nachgeschaut. Und nun geht!" Mit einer energischen Handbewegung zeigte sie nach draußen.

In dankbarer Freude nahm die Bäuerin das Kräutergeschenk an sich und drückte beim Fortgehen dem überraschten Waldweiblein einen Goldtaler in die Hand. „Vergelt's Gott, Wald-Wawa!"

Der Schlaf des Jungen wurde nach jedem Kräutertrunk wirklich immer ruhiger und die Angstschreie immer seltener.

Da! – In einer sternenklaren Nacht beleuchtete das freundliche Mondgesicht besonders hell das friedliche Schlaflager des kleinen Jungen.

Da! – Flog ein kleines buntes Waldvögelchen mit dunkel blitzenden Augen auf das Fenstersims von Mannis Schlafzimmer. „Komm mit! Kiwit! Komm mit!" Erschrocken, bestürzt, mit weit aufgerissenen Augen, in denen ein Erinnern blitzte, sprang der Junge hoch. „Mutter! Vater!" rief er, „ich weiß jetzt, wer mich ruft. Es ist meine Schwester. Ich werde sie suchen und zu euch bringen. Ich komme bestimmt wieder!"

„Manni! Manni! Laufe nicht weg! Warte einen Augenblick! Wir kommen mit!" Doch der Findelsohn nahm sich nicht einmal mehr Zeit zum Umziehen. Nur mit seinem Nachtjöppchen bekleidet stürmte er aus dem Haus. Das Waldvögelchen flatterte fröhlich voran und trieb ihn mit seinen Lockrufen zum immer schnelleren Weiterlaufen an: „Komm mit! Kiwit! Komm mit!"

Der Junge war quer durch den im friedlichen Nachtschlaf liegenden Buchenwald gerannt und stand jetzt mit vor Angst bebendem Herzen nahe am Unheil drohenden schwarzen Baumgestrüpp des Gruselwaldes. Plötzlich vernahm er zwischen den Kreischtönen des gespenstigen Waldes ab und zu ein feines Glockengeläut. Er sprach fest entschlossen vor sich hin: „Ich muss hinein! Dort drin ist meine Schwester! Mein Schutzengel, hilf mir, dass ich sie finde!"

Mit einem verzweifelten Sprung stürmte er in den Gruselwald.

Das Waldvöglein war nicht mehr mitgekommen. Sein Führer war nunmehr nur ein Glockengeläut, das allerdings immer stärker wurde. Das starre Gestrüpp des Unterholzes zerkratzte ihm Arme und Beine, und unheimliche Kreischlaute ließen ihn vor Angst erbeben. Doch er jagte weiter, immer näher auf das Glockengeläut zu.

Da! – Er stand auf einmal vor einer wunderschönen silbrig glänzenden Lilie, von der ein betörender Duft ausströmte. „Nicola!", schluchzte er, „ich habe dir nicht gehorcht." Jetzt wusste er alles wieder. Hier hatte er seiner Schwester geboten,

auf ihn zu warten. Dicke Tränen rannen über seine Wangen und tropften in den Kelch der Blume.

Und auf einmal stand vor ihm ein bildschönes schlankes Mädchen in einem viel zu kurzen Kinderkleidchen. „Nicola, meine Schwester!“ „Hansi, mein Brüderchen!“ Die Geschwister umarmten, herzten und küssten sich. „Wir wollen uns nie wieder verlassen“, gelobten sich die Geschwister.

„Nicola, ich habe Pflegeeltern gefunden. Sie werden auch dich lieb haben. Ich bringe dich zu ihnen. Wir müssen schnell den Gruselwald verlassen.“

Es war, als ob plötzlich Lianen die Kinder umschlingen und festhalten wollten.

„Brüderchen, wir dürfen auf keinen Fall stürzen!“

Doch Nicola stolperte über eine große klobige Baumwurzel und stürzte aufschreiend zu Boden. Verzweifelt versuchte sie wieder hochzukommen. Plötzlich umkreiste ein großer Schwarm kreischender fledermausartiger Greifvögel die Kinder und versuchte nach deren Augen zu hacken und sie an den Haaren zu ziehen.

Auf einmal war es, als ob unbändige Kräfte in Hansi wach wurden. Es gelang ihm nicht nur, die tierischen Ungeheuer abzuwehren, sondern auch seine vor Angst und Schmerzen jammernde Schwester hochzuziehen. „Nicola, halt noch etwas durch! Wir schaffen es!“

Nun sich noch fester an den Händen haltend, jagten die Kinder einem Lichtfleck entgegen, der auf einmal durch das Gruselgestrüpp schimmerte. „Schutzengel, hilf!“, riefen Brüderchen und Schwesterchen fast gleichzeitig. Und – mit einem großen Sprung waren beide Kinder dem Gruselwald entkommen.

Da! – Hinter ihnen ertönte plötzlich ein furchtbarer Knall. Mit Ächzen und Stöhnen brach der unheimliche Föhrenwald zusammen. Was übrig blieb, war ein großes Reisigbündel, das man überschauen konnte. Darüber strahlte ein klarer blauer Himmel und weiße Wolkenzirren, zwischen denen fröhlich zwitschernde Vögel hin- und herflogen.

In naher Ferne hörte man vielfache Menschenstimmen, und das Geläut einer Kirchenglocke überbrachte die Nachricht von friedfertigen Nachbarn aus anderen Bergdörfern.

Auf der Lichtung – wie damals – standen wieder die Bäuerin und der Bauer. Sie waren diesmal allerdings nicht bei der Heumahd, sondern breiteten sehnsüchtig die Arme aus und umschlangen nun zwei Kinder, die vor Freude schluchzend zu ihnen liefen.

Und viele Dorfbewohner, Groß und Klein, waren mitgekommen. Natürlich auch der pflichtbewusste Herr Bürgermeister und der wackere Dorfpolizist und der ehrwürdige Herr Pfarrer.

Wer auf keinen Fall fehlen durfte, das war aber die Wald-Wawa, denn deren weise Voraussagungen und der heilende Kräutertrunk hatten schließlich mitgewirkt, dass nicht nur die beiden Kinder, sondern viele Menschen – links und rechts des Gruselwaldes – von dessen Schrecken für immer befreit werden konnten.

Das Märchen von dem Hirtenjungen und dem Zauberer

Ein Kleinknecht musste auf dem Hof eines reichen Bergbauern im Winter jedwede schwere Arbeit verrichten. So freute er sich auf das Frühjahr, wenn er die beiden Lieblingsherden seines Herren austreiben konnte, die Schafherden auf die saftigen Bergwiesen und die Schweineherden in die mit Eicheln, Kastanien und Bucheckern prall gefüllten Bergwälder.

Den letzten dunklen Berghügel durfte er nicht erklimmen. Dahinter solle ein Bergzauberer hausen, der Menschen und Tiere in andere Gestalten verwandeln, aber auch viel Gutes tun könne.

Keines der Tiere lief dem Hirten davon, denn sie fühlten sich in seiner Obhut sehr wohl. Er verstand ihre Tier- und sie seine Menschenlaute. Kam ein Unwetter auf, so fanden Mensch und Tiere Unterschlupf in einem sehr geräumigen, längst ausgedienten Schafstall.

Im Winter bekam der Hirtenjunge eine warme Unterkunft im Bauernhaus neben den Ställen der Tiere. So wurde er zwar die Nähe der Tiere, aber auch deren Geruch nie los. Dieser Geruch störte anscheinend nicht beim gemeinsamen Mittagsmahl in der großen Bauernstube. Am langgestreckten Eichenbohlentisch hatte man zwar dem Kleinknecht den letzten Platz zugewiesen, doch die Tischgebete durfte er anstimmen und beenden. Die bewundernden und schmachtenden Blicke mancher Kleinmagd, selbst der Großmagd, suchten die des schmucken Jünglings. Den allerdings ließ dieses unverhohlene Werben völlig unbeeindruckt. Der sonst sehr geizige Bauer, der noch kein Weib geehelicht hatte, zeigte sein Wohlgefallen an diesem fleißigen, allzeit fröhlichen, sehr bescheidenen und gottesfürchtigen Knecht. Eines Tages sprach er zu ihm: „Ich will dir dieses Mal eine besondere Jahreslöhnung geben. Der große Acker vor dem dunklen Berghügel ist voll mit dicken Feldsteinen übersät. Wenn es dir gelingt, alle Steine abzutragen, wirst du darunter einen sehr fruchtbaren Ackerboden finden. Den magst du nach deinem Belieben bestellen. Du bist dann ein eigener Ackerbauer und brauchst dich nicht mehr bei mir zu verdingen. Eine Bedingung ist allerdings daran geknüpft: Du musst jeden einzelnen Stein zum Pflastern des Wegrains bis zum Schloss verwenden. Vielleicht findet unsere schöne Prinzessin mit ihren Hofgespannen dann auch einmal den Weg zu meinem stattlichen Berghof." Jetzt seufzte er: „Sie sucht angeblich einen sehr reichen Freier. Der auch kein edler Herr sein muss."

Hocherfreut nahm der Hirtenknecht diesen Vorschlag an. Mit Hacke, Schaufel, Spaten ging er schnurstracks an die Arbeit, und die Tiere halfen ihm dabei. Die Schafe scharrten fröhlich meckernd mit ihren Hufen die großen Steine vom Erdreich los. Die Schweine schoben schnaufend und grunzend mit ihren Schnauzen, Rüsseln, und Hauern die Steinbrocken bis zum Wegrand. Der Hirte selbst brauchte sie nur noch in die richtige Reihenfolge zu bringen. In wenigen Tagewerken war zur Freude des Bauerns eine Zuwegung zum Schloss geschaffen worden. Nun löste auch der Bergbauer sein Versprechen ein. Er übergab seinem bisherigen Kleinknecht eine mit Bienenwachs versiegelte Pergamentpapierrolle, die die Urkunde zum Bodenbesitz enthielt. Die bisherige Aufgabe des Hirtenjungen durfte er als Lehen gegen Entgelt vom Bergbauern weiter behalten. Nun ging die Arbeit noch fröhlicher voran. Er wusste schon, was er anbauen wollte: nicht nur Kartoffeln und Getreide für sich, sondern auch Mais als Leckerbissen für die Tiere.

Als der Hirtenjunge das letzte Stück seines Ackers umgraben wollte, stieß er plötzlich auf etwas Hartes. Nach und nach schaufelte er drei Metallkisten frei. Mit fassungslosem Staunen entdeckte er beim Öffnen in jeder Schatztruhe seltene Kostbarkeiten. Gold, Perlen und Edelsteine. Was sollte er damit anfangen? Dem Bergbauern brauchte er allerdings nichts abzugeben, denn der Fund war auf seinem Acker erfolgt. Da vertraute er sich seinen Tieren an. „Das ist nichts Gutes", blökte der weise Schafbockälteste. „Das ist nichts Saftiges zum Grasen." „Das ist nichts Üppiges zum Schmatzen", grunzte mit unwilligen Tönen der kräftigste Eber. „Schmatz! Schmatz!" „Ihr habt ja Recht, was soll ich damit anfangen? Am besten, ich verstecke die Kisten erst wieder im Erdreich. Wer weiß allerdings, wozu ich sie doch eines Tages gebrauchen kann?", meinte nun mit einem nachdenklichen Überlegen der Jüngling.

Der sehnsüchtige Wunsch des reichen Bergbauern sollte sich alsbald erfüllen. Die Kunde von dem schön gepflasterten Weg bis zu den Schlossmauern war auch der Prinzessin zu Gehör gekommen. So ließ sie sich in ihrer Neugier in einem prächtigen Pferdegespann bis zum Hof des Bergbauern fahren.

Der reiche Bergbauer und der kleine Ackerbauer saßen im friedlichen nachbarlichen Gespräch beieinander.

Einen Augenblick ließ die Prinzessin anhalten und musterte die beiden mit kurzen prüfenden Blicken. Es war aber nur Hochmut, Verachtung und sogar Empörung in ihrem Gesicht zu erkennen, als sie mit hoch gerümpfter Nase sofort wieder ihrem Gespann die Rückfahrt befahl.

„Das habe ich mir schon gedacht", murmelte bedrückt der Bergbauer. Doch in den Augen des Jünglings war eine plötzliche Unternehmungslust zu erkennen: „Schön ist sie – fürwahr – aber eingebildet und hochnäsig! Der will ich es jetzt zeigen. Der Zauberer soll mir raten." „Tue es nicht, lass ab davon", schrien die Tiere aufgebracht durcheinander. Doch sein Entschluss stand fest. Zwar mit klopfendem Herzen, doch raschen Schrittes erklomm er den Weg über die letzte Bergwiese. Da stand plötzlich eine verhutzelte Gestalt mit schlohweißen Haarsträhnen vor ihm. Mit listig blinzelnden Augen kicherte der Zauberer: „Ich weiß, was du willst. Ein feiner Herr willst du werden, um die Prinzessin freien zu können. Was gibst du mir dafür?" „Eine Truhe voll Gold." „Ist mir Recht! Die Hälfte will ich für mich behalten. Mit der anderen werde ich dich zu einem reichen schmucken Freier für die Prinzessin ausstaffieren. Zuvor muss ich dich aber baden, sehr heiß, und Essig dazugeben."

Der Hirtenjunge musste in einen Holzbottich steigen und eine lange Waschzeremonie über sich ergehen lassen, damit er den Gestank loswerden konnte. Immer wieder goss der Zauberer heißes Wasser nach und schrubbte sogar den Körper des Freiers mit einer langen Borstenbürste, so dass die Haut fast rot glänzte. Er ließ alles geduldig über sich ergehen. Und so fuhr alsbald in einer prächtigen Karosserie ein wohlgestalteter reicher Graf als Brautbewerber am Hofe bei der Prinzessin vor. Diese musterte ihn und seinen sichtbaren Reichtum einen kurzen Augenblick, dann lud sie ihn mit einer gnädigen Handbewegung zum Festmahl ein. Vom Antlitz der Prinzessin immer noch verzückt, von dem ganzen Hofgebaren allerdings weniger begeistert, entdeckte er plötzlich den niedlichen kleinen Schoßhund der Prinzessin in seiner Nähe. In seiner Tierliebe wollte er ihn behutsam streicheln, aber das arglistige Tier schnappte nach ihm. Mit einem leichten Klaps wehrte er ab. Da hob die Prinzessin ihre Nase rümpfend und schnuppernd in die Höhe und schrie erbost: „Bauer bleibt Bauer, ob gebadet heiß oder sauer! Raus mit dir!“

Beschämt schlich er sich von dannen und suchte seine Tierfreunde auf. „Ich will es aber doch noch einmal versuchen.“

„Lass das lieber bleiben!“, so drangen die warnenden Tierlaute von allen Seiten eindringlich an sein Ohr. Doch er nahm keine Lehre an und versuchte es noch einmal. Mit zitternden Knien ging er wieder den düsteren Weg hinauf zum Bergzauberer. Kopfschüttelnd betrachtete ihn dieser. „Na, was bietest du mir denn diesmal?“ „Gleißende Perlen.“ „Gut, die Hälfte für mich, die andere Hälfte für dich. Und ich will dich heute noch heißer baden und Milch dazu geben.“ Wieder ließ der Hirtenjunge die lange und quälende Waschzeremonie geduldig über sich ergehen.

Als ein noch kostbarer ausstaffierter Brautbewerber bei der Prinzessin eintraf, wurde auch dieser nach einem kurzen Blick mit einer gnädigen Handbewegung zum Festmahl beordert. Die Schönheit der Prinzessin blendete ihn immer noch, jedoch das Festessen schmeckte ihm nicht. Er dachte an seine Tiere. Da sah er doch tatsächlich einen Floh hüpfen. Er fing ihn geschickt und zerdrückte ihn mit einem laut hörbarem Klick vor den Augen der entsetzten Prinzessin und des empörten Hofstaates. Die Kammerdamen stießen quiekende, kreischende Schreie aus, und eine fiel sogar in Ohnmacht. „Raus, schnell raus! Bauer bleibt Bauer, ob gebadet in Milch, süß, heiß oder sauer.“

Beschämt und verärgert zugleich kam er bei seiner Behausung und bei seinen Tierfreunden an. Doch sie konnten ihn nicht abhalten, noch einen dritten Versuch zu starten. „So ein Dummkopf“, flüsterte der Zauberer in seinen Bart, als er die gleißenden Juwelen zum Tauschhandel entgegennahm. „Die Prinzessin ist es doch gar nicht wert.“ Jedoch nahm er noch einmal die ganze Reinigungsprozedur bei dem Hirtenjungen vor und gab diesmal als besondere Duftnote Myrrhe dazu.

Im sprachlosen Staunen sahen nun Prinzessin und Hofstaat eine mit Juwelen geschmückte Brautkutsche und einen Prinzen als Brautbewerber vorfahren. Dieser sichtbar so unendlich reiche Freier wurde mit einer etwas einladenderen Handbewegung von der Prinzessin zum Festmahl eingeladen. Von den ungewohnten Schlemmereien breitete sich alsbald ein starkes Völlegefühl im Magen des königlichen Brautbewerbers aus, von dem er sich zu befreien versuchte: „Rums“ kam ein Entlastungslaut aus seinem Innern.

Nun ging es ihm besser. –

Die Prinzessin allerdings war wie von einer Tarantel gestochen in die Höhe gesprungen und schrie mit einer kreischenden Stimme, die sich immer mehr überschlug: „Pfui, Pfui, raus, raus!“ Ihr vor Wut und Empörung verzerrtes Gesicht sah plötzlich nicht mehr schön aus. Und sogar die Krone war ihr vor Erregung vom Kopf gefallen. Und wie schrill hatte ihre Stimme geklungen! Ach, was hätten sich da seine Tiere vor Schrecken verjagt! Die bewaffnete Hofgarde der Prinzessin wollte sogar mit Lanzen auf ihn losgehen.

Er wehrte nur lachend ab und setzte mit einem raschen Sprung in seine auf ihn wartende Kutschc.

Mit einem schnalzenden Zungenlaut trieb er die Rosse zu einer fröhlichen Heimfahrt zu seinem Bauernhof an, wo er von den Tieren glücklich erwartet wurde. Nicht mehr beschämt, sondern befreit hatte der Jüngling dem gesamten Hofstaat samt Prinzessin den Rücken gekehrt. Mit Freuden war er wieder in seine gewohnte Umgebung zurückgekommen. Den Reichtum war er losgeworden, aber seine Tierfreunde hatte er wiedergefunden. Mit deren Hilfe, mit erneuter froher Schaffenskraft und mit Gottes Segen wurde aus seinem kleinen Anwesen allmählich ein stattlicher Bergbauernhof.

Und wenn er am Abend nach dem ‚Engel-des-Herrn-Geläut' manchmal mit schmauchender Pfeife auf einer Bank sitzend sich an seinem eigenen Reich erfreute, dann erzählte er seinen Kindern und nachfolgenden Enkelkindern gern seine Geschichte: Ein Bauer bleibt auf die Dauer – auch ohne Prinzessin – ein glücklicher Bauer.

Wen er geheiratet hat, das wollt Ihr gern wissen? Das müsst Ihr schon selbst herausfinden.

Die Prinzessin allerdings, die war es zum Glück nicht.

Das Märchen von der Prinzessin mit den Entenfüßen

Vor langen Zeiten regierte mild und weise ein junges Königspaar ein großes Königreich. Die Untertanen liebten und verehrten besonders die liebreizende Konigin, die sich oft unter das Volk mischte, ein offenes Ohr hatte für die Nöte und Sorgen der Menschen und sich auch nicht scheute, Kranke selbst zu pflegen.

Als dem Königspaar ein gesundes Söhnlein geboren wurde, so war dies ein Himmelsgeschenk für alle Bewohner des Königreiches. Zum heimlichen Kummer des Königspaares gesellten sich allerdings keine weiteren kleineren Prinzen und Prinzessinnen dazu.

Der kleine Thronfolger wuchs prächtig heran. Er eroberte nicht nur die Herzen der Untertanen im Sturm, sondern versuchte durch weitere Eroberungen eigene Erkundungen in den dunklen Schlossgewölben und auf finsteren Waldpfaden anzustellen.

„Der Prinz soll sich früh in Ritterspielen üben, aber auch ein Handwerk erlernen“, so lautete der Rat des besorgten Hofstaates.

Zu allem gewillt, wollte sich der Königssohn im Schmiedehandwerk verdingen.

Das entsprach auch dem Wunsch der königlichen Eltern. Er erlernte es sehr rasch, mit viel Geschick, in der Gluthitze des Schmiedefeuers mit berußtem Gesicht Hammer und Amboss zu schwingen, Pferdehufe zu beschlagen und Gerätschaften für die Hof- und Feldarbeit zu fertigen.

Der Schmiedemeisterlehrherr, der seine helle Freude an dem gelehrigen Zögling hatte, wies ihn nun auch in die hohe Kunst des Waffenschmiedens ein. Ein selbstgeschmiedeter Dolch sollte sein Gesellenabschlussstück werden, mit dem er auch seine Eltern überraschen wollte. Die eine Seite des Dolches besaß eine haarscharfe Schneide. In die andere gewölbte Hälfte hatte er durch mühsames Dengeln Vertiefungen einbringen und diese mit kostbaren Rubinen – den Lieblingssteinen der Eltern – auslegen können. In einer Schutzhülle aus Tierleder konnte er diese Waffe auch unter seinem Wams verstecken.

Was waren die Eltern stolz, als sie das glanzvolle Gesellenstück ihres Sohnes bewundern konnten.

Da brach plötzlich eine schreckliche Seuche aus. Der Sensenmann wütete im ganzen Land, und im Schloss wurde die Königin dahingerafft. Unsagbares Leid kam auf. Der königliche Jüngling entbehrte die liebende Mutterhand, und der königliche Vater drohte vor Leid zu verkümmern. Doch wollte er seiner geliebten Gemahlin keine Nachfolgerin geben.

Eines Tages rief er seinen Sohn zu sich: „Die Last des Regierens wird mir allmählich zu schwer. Du bist nun alt und stark genug, um die Königswürde übernehmen zu können. Doch ich will eine junge Königin an deiner Seite wissen. Kinderjubel von kleinen Prinzen und Prinzessinnen soll durch die Schlossgänge hallen und Fröhlichkeit wieder aufkommen – so, wie es deine königliche Mutter und ich uns immer gewünscht haben. Ich will Brautschau halten für dich. Die Einladungen an heiratsfreudige Prinzessinnen sollen an die Nachbarkönigreiche und in alle Welt ergehen. In einem Jahr, zur Sommersonnenwende, wird ein großer Festball im Schloss stattfinden.

Bis dahin sollst du auch selbst auf Brautsuche gehen und deine eigenen Erkundungen anstellen. Lege dazu dein Handwerksburschengewand an, und gib dich nicht gleich als Königssohn zu erkennen."

Dieser Vorschlag des Vaters war auch dem Sohn recht. So beschritt er guten Mutes den Weg ins erste nahe gelegene Nachbarreich. Auf dem Schlossmarkt mischte er sich unter die Marktfrauen, Händler und Käufer, um noch mehr über die als so schön beschriebene Königstochter zu erfahren: Herrschsucht, Hochmut und Kaltherzigkeit, das waren zusätzlich geschilderte Eigenschaften der Königstochter.

Ähnlich enttäuschend endeten die Befragungsversuche auch in den anderen vier Königreichen. Innerlich bedrückt wollte er nur noch ein letztes, ein kleines Königreich aufsuchen. Er hatte von einer sehr schönen Königstochter vernommen, die außerdem liebreizend, gütig und mildtätig sein solle. Doch ein Fluch laste auf ihr. Ein Zauberer, der von ihrer verstorbenen Mutter einst als Freier abgewiesen worden war, habe ihn ausgesprochen. Doch wollte kein Befragter noch mehr dazu verraten.

Da kam der Wanderer in der Nähe des Schlosses an einem Waldsee vorbei. Aus dem umgrenzenden Gebüsch vernahm er lachende und kichernde Frauenstimmen. Sollten das die Gespielinnen der Königstochter sein? Dann war SIE bestimmt auch in der Nähe, so fuhr es ihm blitzschnell durch den Kopf. Und wahrhaftig, in einer Wegbiegung saß sie da, mit angezogenen Knien, die von einem lang wallenden Rock bis auf die Erde bedeckt wurden. Hüftlanges seidenglänzendes dunkles Haar umfloss ein liebreizend-schönes Antlitz.

Aus den großen blauen Augen rannen unaufhörlich Tränen über ihre Wangen. Nun stand sie auf und watschelte mit Entenfüßen davon. Das war also ihr Geheimnis!

Einen Augenblick war der Prinz vor ihrem äußeren Anblick zurückgezuckt, doch der Liebreiz ihres Wesens hatte ihn sofort wieder in den Bann geschlagen.

Entschlossen sprang er auf: „Holde Prinzessin, hab keine Angst vor mir. Ich möchte um dich freien und dich als königliche Braut in das Schloss meines Vaters führen.“ Zuerst ein freudiges Erschrecken, dann ein ungläubiges Staunen und zuletzt eine unverhohlene Zuneigung strömten ihm entgegen. Innige Blicke kreuzten sich. Da wurden die beiden Liebenden von der Schar der beschützenwollenden königlichen Gespielinnen auseinander gerissen. „Ich komme wieder!“, rief er der abgedrängten Königstochter nach.

Er lenkte seine raschen Schritte nun in die Richtung des heimatlichen Schlosses. Eine schwere Aufgabe stand ihm noch bevor. Würde es ihm gelingen, auch seinen Vater von dieser Brautwahl zu überzeugen?

Da hörte er plötzlich ein klägliches Schreien: „Hilfe! Zu Hilfe!“ Rasch herbeigeeilt sah er mit Entsetzen, wie ein Ungetüm von Spinne versuchte, mit seinen behaarten krakenartigen Fangarmen ein zappelndes Männchen, einen Zwerg zu umspannen. Die Spinne wollte ihn in eine tiefer gelegene finstere Höhle ziehen. Entschlossen zog der Jüngling seinen unter dem Wams versteckten selbstgefertigten Dolch hervor und hieb der Riesenspinne einen Fangarm nach dem anderen ab. Dabei musste er selbst blutende schmerzende Kratzer mit einstecken. Doch er ließ nicht locker, bis er den vom Todeskampf ganz erschöpften Zwerg befreit hatte. Mit einem röchelnden dumpfen Gröhllaut sank schließlich der Rumpf des Untiers tot zusammen.

„Du hast mich, den Zwergenkönig, gerettet. Der Dank des Zwergenvolkes ist dir gewiss. Du hast uns alle von unserem größten Feind, der Teufelskrake, befreit. Nun lass uns zuerst deine Wunden ausheilen!“ Er klopfte an einen Felsen. Ein plötzlich sprudelnder Quell versprühte kristallklare Wassertropfen auf die Wunden des Erretters. Da war auf einmal keine Schramme mehr zu sehen und kein Schmerz mehr zu verspüren. „Und nun kommt mein Geschenk an dich. Du bist mitleidig, mutig und tapfer gewesen. Ich weiß, dass du ein Königssohn bist, auf der Suche nach einer liebreizenden Gemahlin.“

Stirnrunzelnd sprach er weiter: „Ach, ihr Menschen! Ihr sucht das Gute und Schöne nur mit den Augen und nicht mit dem Herzen.“ Dabei holte er aus einer seiner Zwergenjoppentaschen eine ganz unscheinbar aussehende Brille heraus: „Bevor du die endgültige Entscheidung für eine Auserwählte treffen willst, setze diese Brille auf. Du wirst bis in ihr Innerstes sehen können, denn auf die inneren Werte kommt es an.“ – Er drückte die Brille dem verdutzten Königsohn in die Hände, stülpte sich seine Zwergenmantelkapuze über den Kopf – und war plötzlich unsichtbar geworden.

Etwas bedrückt betrachtete der Jüngling die abgegriffene Brille. Sollte sie ihn in Versuchung bringen oder helfen, seinen Vater zu überzeugen? Er musste es selbst herausfinden und mit am Festball teilnehmen.

Die Kunde von dem heiratssuchenden reichen Königssohn war wohl bis in die entlegensten Weltteile gelangt. Denn zur vorgegebenen Zeit kamen heiratsfreudige Prinzessinnen von nah und fern angereist und nicht nur Weiß-, sondern auch Gelb- und Dunkel- und Rothäutige.

Stets waren sie in Begleitung ihres königlichen Vaters, wie es der Sitte entsprach. Es durfte auch keine Einladung abgeschlagen werden, wenn es nicht zu einer Fehde zwischen den Königreichen kommen sollte.

Aus prunkverzierten Hofkutschen, die meist mehrspännig von edlen Rossen gezogen wurden, schauten mit neugierigen Blicken aufgeputzte Prinzessinnen heraus. Sie waren allesamt mit kostbaren Gewändern aus Samt und Seide bekleidet, umhängt mit glitzernden Schmuckgebinden, aufgestockt durch künstliche Haaraufsätze. Beim Hofknicks jeder dieser Schönen traf manch werbender, bewundernder Blick den Königsohn. Doch dessen Herz konnte nicht davon berührt werden. In seinem Innern war das Bild der Auserwählten schon fest verankert.

Doch wo blieb sie? Der Einladung zum nachbarlichen Festball musste doch auch ihr königlicher Vater Folge leisten. Da wurde noch eine Kutsche sichtbar. Äußerlich bescheiden gerichtet, gezogen von zwei Schimmeln und zwei Rappen, entstieg dem Wagen ein königlicher Vater mit ernster Miene. Behutsam enthob er dem Wageninnern eine Kostbarkeit, seine Tochter. Vor den Augen der staunenden Festteilnehmer stand eine elfengleichzarte Prinzessin. Eingehüllt war sie in ein langfließendes Kleid aus weißer Seide, das wiederum umfangen war von ihrem lang wallenden schwarzen Haarmantel.

Als einziger Schmuck umzierte ihren schlanken Hals ein schmales Perlengehänge von einer kunstvoll geschmiedeten Goldkette getragen. Ein Vermächtnis ihrer so früh verstorbenen Mutter.

Fast atemlos war das Staunen aller Anwesenden. Doch ein leises Raunen begann, als sich die Prinzessin fortzubewegen versuchte. Auch sie wollte vor dem Königsthron ihren Hofknicks anbringen. Wollte da etwa ein Gelächter ausbrechen?

Da sprang der Königsohn an die Seite der geliebten Frau: „Sie ist meine Auserwählte!“, und seinem verdutzen Vater reichte er das Geschenk des Zwergenkönigs mit dessen Worten: „Setze diese Brille auf, bevor du eine entgültige Entscheidung treffen willst!“ Und was musste der König zu seinem Entsetzen plötzlich sehen? Die Köpfe aller Prinzessinnen hatten sich in Tierköpfe verwandelt. Die eine war eine Gans, andere eine Ziege, eine Schlange, ein Fuchs, ein Pfau geworden.

Aller Prinzessinnen? Nein, die Prinzessin mit den Entenfüßen, die konnte er unverändert erblicken. Sie war äußerlich und innerlich schön, rein und liebreizend geblieben. Ganz bescheiden blickte sie zu Boden und wollte zum Hofknicks niederknien. Da eilte der König auf sie zu, hob sie auf und bat sie mit gerührter Stimme: „Holde Prinzessin, darf ich für meinen Sohn um deine Hand anhalten? Bist du gewillt, meine geliebte Schwiegertochter zu werden?“

Die Freude, der Jubel über das Jawort war unbeschreiblich groß, nicht nur im Schloss, bei allen Untertanen, sondern auch in den angrenzenden Königreichen.

Der Wunsch der beiden königlichen Großväter ging im Laufe der Jahre immer mehr in Erfüllung. Freudiges Kinderjauchzen schallte und hallte wieder in den Schlossgängen. Keine der reizenden Prinzessinnen und keiner der schönen Prinzen kam mit Entenfüßen zur Welt.

Der Königin allerdings blieben sie erhalten, denn sie gehörten zum Glück des Königspaares dazu.

Und wieder regierte mild und weise ein junges Königspaar ein großes Königsreich.

Und wenn Ihr wissen wollt, wo dieses Königreich liegt, dann müsst Ihr ein Schloss suchen, in dessen Schlossmauern am Eingang ein Spruch geritzt ist:

Ihr müsst das Gute und das Schöne
nicht mit den Augen suchen,
sondern mit dem Herzen.

Das Märchen von dem gläsernen Häuschen

In einem kleinen Häuschen an einem Waldrand wohnte einst ein junger Schuster, glücklich verheiratet mit einer liebreizenden Frau. Der Schuster verstand es, die Schuhe und Stiefel so genau auszubessern, sie so sorgfältig und sauber zu besohlen, dass bald sein guter Ruf weit verbreitet war. Die Kundschaft kam von überall her, einfache Leute zu Fuß und hohe Herrschaften zu Pferd. Er schaute sich jedes Mal jeden Besitzer des Schuhwerks genau an, wenn er dessen Auftrag entgegennahm, bevor er diesen ausführte. So kamen seine Kunden nicht nur von nah und fern, sondern sie gaben ihm oftmals auch noch einen Extrataler zur Belohnung, wenn sie ihr geflicktes Schuhwerk so schön ordentlich zurückbekamen. Seine kleine Frau werkte in der Zwischenzeit fröhlich in dem kleinen Häuschen herum, sie kochte liebend gern, das Putzen mochte sie weniger, und das Aufräumen vergaß sie völlig.

Wenn ihr Mann am Abend müde den letzten Schuhhammerschlag getan hatte und in die kleine Wohnküche gehen wollte, dann stolperte er über allen möglichen Hausrat, den sie auf dem Boden liegen gelassen hatte. Er schob alles seufzend zur Seite oder half sogar mit beim Wegräumen. „Ach Hansemann, kannst du mir verzeihen?“, bettelte sie lachend. „Ich will mich ja gern bessern.“ Und sie fing fröhlich an, mit ihm aufzuräumen. Aber es wurde nicht besser, und der Unrat fing an sich zu häufen. Der Schuster wollte mit seinem Frauchen, das er über alles liebte, nicht schimpfen.
So arbeitete er lieber bis spät in die Nacht hinein, damit er bei Kerzenlicht alles im Häuschen nur undcutlich erkennen musste.

Eines Abends, als der Schuster gerade müde sein Handwerkszeug niederlegen wollte, klopfte ihm jemand auf die Schulter. Er erschrak, denn es war ein kleiner Zwerg, der hinter ihm stand. Der hatte einen langen weißen Bart und trug eine glitzernde Krone auf dem Kopf. Sein Gesichtchen war ganz traurig und beim leisen Sprechen rannen ihm dicke Tränen über das runzelige Gesicht. „Unsere Zwergenprinzessin, meine einzige Tochter, ist gestorben. Sie hat die Menschen sehr geliebt. Deshalb soll sie auch wie ein Mensch beerdigt werden. Dies soll ihr Sarg sein.“ Dabei stellte er ein Kästchen vor dem Schuster auf die Erde, das er zuvor hinter dem Rücken versteckt gehalten hatte. „Den Sarg sollst du mit silbernem Gezier ausschlagen, so wie du es bei den Stiefeln der Herrschaften machst. Dann musst du den Sarg mit Moos ausputzen und mit den schönsten Waldblumen schmücken. Doch darf keine Menschenseele etwas davon erfahren. Und bis zur nächsten Vollmondnacht muss der Sarg fertig sein. Bis zum Hügel unter der Blutbuche musst du den fertigen Sarg bringen.“

Die Stimme klang zuletzt drohend, und so unsichtbar, wie der Zwergenkönig gekommen war, so verschwand er auch wieder.

Der Schuster rieb sich die Augen. Hatte er nur geträumt? Nein, er sah wieder den traurigen Zwergenkönig vor seinen Augen und hatte Mitleid mit ihm. Schnell machte er sich an die Arbeit. Doch versteckte er alles sorgfältig vor seiner Frau, denn sie durfte ja von alledem nichts wissen. So ließ er es jeden Abend noch später werden durch das sorgfältige äußere Beschlagen des Kästchens mit dem schönsten Gezier und das gründliche Auspolstern mit dem weichsten Moos. Die duftenden Waldblumen musste er heimlich vom Waldrand holen.

Als die Vollmondnacht anbrach, war der Zwergensarg wirklich fertig geworden. Ganz leise verließ der Schuster das Haus. Sein Frauchen, das schon schlief, sollte nicht aufwachen. Es war unheimlich still im dunklen Wald. Ab und zu schrie ein Käuzchen. Tannenzweige peitschten dem Schuster ins Gesicht, als er keuchend zu dem befohlenen Ort eilte. Da stand auf einmal vor ihm eine gespenstische große Menge des Zwergenvolkes, die ihn schnell umkreiste, voran der Zwergenkönig. Auf seinen Armen lag ein runzeliges kleines Körperchen, gehüllt in eine purpurrote Samtdecke. „Du hast dein Wort gehalten. Der Sarg ist wunderschön geworden. Er passt für unsere geliebte bildschöne Königin.“ Behutsam ließ er seine kostbare Last in den Sarg gleiten und jedes Zwerglein beschenkte die teure Tote mit einer weißen Lilie.

„Und nun geh! Wir wollen jetzt allein sein! Du hast aber einen Wunsch frei. Überlege ihn dir gut! Bevor die Turmuhr um Mitternacht zum letzten Male schlägt, musst du ihn ausgesprochen haben.“

Wie ein Spuk war auf einmal alles weg, das ganze Zwergenvolk, der Sarg, rein alles. Hatte er nur geträumt? Aber nein, er war unter der Blutbuche, es nieselte, er wollte schnell nach Haus. Er hatte einen Wunsch frei, was sollte er sich denn wünschen? Er hatte doch alles. Besondere Klugheit, die brauchte er nicht. Er wollte doch nichts anderes werden, sondern immer ein Schuster bleiben. Reichtum? Den großen Reichtum brauchte er nicht. Er besaß doch im Überfluss alles zum Leben. Gesundheit? Eine gute Gesundheit hatte er auch. Krankheiten kannte er nicht. Liebe? Mit einer lieben Frau war er doch verheiratet. Eine andere mochte er nicht.

Die Uhr schlug nun zehnmal.

„Wenn sie doch nur Ordnung halten könnte! Wenn sie wenigstens die Sachen wiederfinden würde!“

Die Uhr schlug jetzt zum elften Mal.

„Wenn sie doch durch alle Zimmer durchschauen könnte, um alles schnell wiederzufinden. Am besten, wir hätten ein Häuschen mit durchsichtigen Glaswänden.“

Die Uhr schlug gerade zwölf Uhr Mitternacht.

Ach, nun hatte er doch vergessen, seinen Wunsch auszusprechen. Wie gehetzt jagte er durch den dunklen Wald nach Hause. Ein feiner Regen wurde immer stärker und prasselte bald heftig nieder.

Doch, was war das? Kling! Kling! Kling!

Nun stand er vor seinem Häuschen. Es war auf einmal ganz aus Glas. Kling, kling, kling!

Er tastete bestürzt die Wände seines Häuschens ab. Sie waren auf einmal wirklich und wahrhaftig – aus Glas.

Er stand vor einem gläsernen Häuschen.

Das helle Vollmondlicht leuchtete durch alle Zimmer. Oh Schreck! In jeder Ecke lag etwas herum an Wäschestücken oder an Hausratsteilen.

Da hörte er ein jämmerliches Schluchzen aus dem Ehebett. „Oh Hansemann, was ist denn hier los?" „Wie schlimm, mein Zwergenwunsch ist doch in Erfüllung gegangen."

„Du bist also schuld! Mich siehst du nun am Tage nicht mehr!" – Und wirklich, sie schlich nur noch des Nachts im Dunklen durch das Haus, um für sich das Nötigste zu holen.

Aufgeräumt oder gekocht wurde überhaupt nicht mehr. Von nah und fern kamen nun nicht mehr nur Kunden, sondern auch neugierige Gaffer, die in schallendes Gelächter ausbrachen, wenn sie in das heillose Durcheinander durch die Wände des gläsernen Häuschens blicken konnten. Sie sahen aber auch den fleißigen Schuster, wie er trotz allem unermüdlich weiter arbeitete und sich grämte. Da gaben sie ihm nicht nur einen Sonderlohn für die sorgfältige Arbeit, sondern brachten ihm auch noch schmackhafte Speisen und köstliche Getränke mit. Er rührte aber kaum etwas an, und der Gram verzehrte ihn innerlich und äußerlich immer mehr. Das bemerkte schließlich und endlich auch seine Frau, als sie wieder einmal des Nachts heimlich durch das Haus schlich und sah, wie ihr Mann total erschöpft, blass und abgemagert über seinem Schusterhammer zusammengesunken eingeschlafen war. Das hatte sie nicht gewollt! Sie liebte ihren Hansemann doch so sehr. Ganz leise, um ihren Mann nicht zu wecken, fing sie an, ein Teil nach dem anderen aus den Ecken hervorzuholen und auf seinen richtigen Platz zu bringen. Das machte ihr sogar Spaß, wie aus dem kleinen Häuschen allmählich ein richtiges Schmuckkästchen wurde. Sogar die Glaswände fingen beim Putzen an, wie große Edelsteine zu glitzern.

Und der Mond, der eigentlich hinter den Wolken verschwinden wollte, kam noch einmal zurück und rieb sich im Mondgesicht erstaunt seine Mondaugen. Was war denn das?

Voller Freude über das gelungene Werk fing die kleine Frau an, vor sich herzusingen. Da erwachte der müde Schläfer. „Oh Hansemann, kannst du mir noch einmal verzeihen?“ Sie fielen sich in die Arme. Das Glück der jungen Leute wurde nun riesengroß, und jeder schaffte auf seinem Gebiet auch für den anderen mit.

Die Erfüllung eines Wunsches durch den greisen und weisen Zwergenkönig war zum Segen für das Paar geworden.

Das Märchen von der Königin Mitleide

Vor Zeiten grenzten zwei mächtige Königreiche aneinander. Die beiden Könige herrschten mit Weisheit, Güte, Milde, Gerechtigkeit und waren freundlich auch zu den Menschen, die aus dem Nachbarland zu Besuch kamen.

Ein schmaler Fluss mit vielen Brücken bildete die Grenze.

Die eine Königin hatte ihrem Mann, dem König Gerold, zwei Söhne geschenkt, von denen der ältere dunkelhaarige Beowulf wild und jähzornig war, der jüngere blondgelockte Sigurd dagegen ein recht sanftes und gutherziges Gemüt besaß.

Im anderen Königreich blieb der Kindersegen lange aus. Doch als die zarte Königin ein allerliebstes Töchterlein gebar, da herrschte eitel Freude bei dem König Willibar, bei allen Untertanen und auch im Nachbarland. Das glückliche Königspaar richtete ein großes Jubelfest der Freude aus, zu dem jedermann eingeladen war, darunter auch die zwei weisen Frauen des Landes: Felicitas, die Fee des Glücks, und Mitleide, die Fee der Barmherzigkeit. Das kleine Kindchen schlief selig lächelnd in seiner Wiege, als die beiden weisen Frauen fast gleichzeitig zum Gratulieren eintrafen. Als erste beugte sich die Glücksfee über die Wiege und sprach mit liebevollen Worten: „Du holdes Wesen, du! Felicitas sollst du heißen! Das bedeutet Glück bringen, Freude spenden, Liebe schenken, und alles Glück der Erde sei dir beschieden."

Nun neigte sich Fee Mitleide über das Wiegebettchen und ihre traurigen Augen trafen die des Kindchens, das gerade erwacht war: „Ich lese in deiner Seele so viel Liebe zu jedermann und so viel Mitleid mit allen, ob Mensch oder Tier. Du wirst unendlich viel Liebe verschenken können und größtes Leid erfahren müssen. Mitleide sollst du heißen." Da warf sich die Königin über die Wiege ihres Kindes und rief verzweifelt aus: „Niemals wirst du Mitleide heißen! Nein, Felicitas, die Glückliche, sollst du sein!"

Das Kind wuchs liebreizend heran, war gehorsam zu seinen Eltern, gut zu jedem und der Sonnenschein aller. Sein freudiges Jauchzen erscholl nicht nur in den königlichen Gemächern, sondern auch in den Schlossgärten, wo es sich an dem Duft jeder Blume erfreute, mit den zwitschernden Vögeln mitjubilierte und jeden buntfarbenen gaukelnden Schmetterling begleitete.

Als dem Königspaar ein weiterer Kindersegen versagt blieb, schenkten die beiden ihrem einzigen Kind zu seinem zehnten Geburtstag ein allerliebstes Hündchen, das bald sein unzertrennlicher Wegbegleiter bei Tag und bei Nacht wurde. Der Jubel des Königskindes war unbeschreiblich.

Die Königin trug stets eine goldene, mit kostbaren Edelsteinen verzierte Krone auf dem Kopf, die sie von ihrem Gemahl als Vermählungsgeschenk bekommen hatte. Diese Krone wurde von allen bewundert, besonders von dem Königstöchterlein.

Zum sechzehnten Geburtstag hatte ihm der königliche Vater als besondere Überraschung von seinem Goldschmied ein kostbares Krönchen aus feinstem Metall und gleißenden Edelsteinen anfertigen lassen. Die überglückliche Prinzessin trug nun ihre Krone den ganzen Tag auf dem Kopf, nur des

Nachts kam diese in ein mit Samt gepolstertes Kästchen. Ach, was war die Königstochter glücklich und alle mit ihr!
Im Nachbarkönigreich war inzwischen eine große Traurigkeit ausgebrochen, denn die so sanftmütige, von allen Untertanen geliebte Königin war gestorben, und aus Gram darüber war ihr der König bald im Tode nachgefolgt. Der jüngere Sohn Sigurd wusste nichts von dem Tod seiner geliebten Eltern. Er war deren Geheiß gefolgt, mit dem Pferd unterwegs und besuchte die Nachbarländer. Von Lautengesang begleitet sollte er die Friedensbotschaft des königlichen Elternpaares überbringen.
Im verwaisten Königreich hatte inzwischen der ältere Bruder, der schwarzbärtige finstere Beowulf, die Macht übernommen. Er wütete nicht nur mit roher Gewalt unter seinen Untertanen, sondern drang auch als grausamer Bezwinger ins Nachbarland ein.
Da kam eines Abends der treue Kammerdiener in die Gemächer der Königin gestürzt. „Schnell, schnell, wir müssen uns über ein Hintertürchen durch den Fluss in den Wald retten. König Willibar und seine Mannen sind schon in die Fänge des Königs Beowulf geraten.“ Er versuchte, Königin, Prinzessin und Hündchen über eine Hintertreppe über den Fluss zu bringen. „Königin, Ihr müsst allein schwimmen. Das Wasser ist nicht tief. Das Ufer ist nah. Ich will die Prinzessin und das Hündchen tragen.“
Da erfasste eine plötzliche Flutwelle das zappelnde Tierchen und riss es in die Tiefe. Die verzweifelt aufschluchzende Königstochter wollte nach ihm greifen, da glitt ihr das kostbare Krönlein vom Kopf und wurde ein Raub der Fluten. Der Kammerdiener zog die vor Schmerz fast erstarrte Königstocher und die zu Tode erschöpfte Königin ans rettende Ufer. Wehmütig flüstere sie: „Mein geliebtes Kind, von nun an sollst du Mitleide heißen. In deinen Augen spiegelt sich das Antlitz der gütigen Fee wieder. Du empfindest Mitleid für Mensch und Tier und kannst unendlich viel Liebe schenken. Gott segne dich dafür!“
Tief versteckt im Wald, in einer verlassenen Köhlerhütte, fand der treue Diener einen Unterschlupf für alle. Beeren und Pilze waren die erste kärgliche Nahrung, die jedoch nicht ausreichte. Da nahm die Königin mit fast versteinerter Miene ihre Krone vom Kopf und brach kostbare Kleinodien heraus. „Versuch sie beim Markt auf dem Schloss gegen notwendige Güter einzutauschen und dabei etwas über meinen Gemahl zu erfahren“, so bat die Königin den treuen Diener. Bei diesen Tauschgeschäften hörte er von den weiteren Umtrieben des Königs Beowulf, von dem Murren der gequälten Untertanen, die sich immer mehr aufzulehnen versuchten und sich nach der Herrschaft ihres gütigen Königs Willibar zurücksehnten.
Doch allmählich siechte die Königin vor äußerer Erschöpfung und innerem Gram immer mehr dahin. Als sie ihr Ster-

ben kommen fühlte, hauchte sie ihrer in Verzweiflung fast zusammenbrechenden Tochter noch zärtlich zu: „Du wirst deinen königlichen Vater wieder finden, und der liebe Gott wird mit euch sein." Dann verschied sie.

Eines Tages suchte in der Köhlerhütte ein ganz erschöpftes verletztes Rehlein Unterschlupf. Durch die liebevolle Pflege Mitleides konnte das Tierchen bald wieder in die Waldfreiheit entlassen werden. Doch es kam jeden Abend wieder und schlief mit dem Köpfchen im Schoß seiner liebevollen Pflegerin beruhigt ein.

Da drang eines Abends lautes Hundegebell immer näher in die friedliche Köhlerhütte ein, und der tägliche Rehbewohner brach plötzlich wie gehetzt erschöpft vor Mitleides Füßen zusammen. Dazu kamen Hundegehechel, Stampfen von Pferdehufen, Ketten- und Waffengerassel immer näher. Plötzlich wurde die Köhlerhüttentür mit roher Gewalt aufgerissen. Es war ein Hüne von Mann, eine wilde Schönheit, die ins Innere stürmte. Er war in Jagd- und Ritterrüstung geharnischt und trug eine Fangleine und einen Hirschfänger in der Hand: „Das ist meine Beute, das Reh gehört mir!" Es war König Beowulf, der zustoßen wollte. Doch was war das? Eine sanfte, doch befehlende Stimme, entgegnete: „Das ist mein Reh, es steht unter meinem Schutz!" Das Jagdgefolge des Königs Beowulf hielt den Atem an. Wer wagte es, seinem Herrn so zu gebieten? Und was war auf einmal mit König Beowulf geschehen? Was hörte er sich selbst sagen, als er diese göttlichschöne Frau mit wallendem blonden Haar, jedoch zerfetzten Kleidern vor sich stehen sah? „Wer bist du?" „Ich bin Prinzessin Mitleide. Und dies ist mein treuer Diener Gernod, und das ist mein Reh."

Ein Raunen ging durch die Reihen seiner Mannen und ihr Flüstern drang an sein Ohr. „Das ist doch die Tochter des gefangenen Königs Willibar."

Und da hörte König Beowulf seine eigene Stimme weiter sprechen: „Wenn du eine Königstochter bist, dann gehörst du ins Königsschloss. Werde meine Gemahlin, werde mein Weib! Ich liebe dich!" Er fühlte, wie seine Beine nachgaben, sich seine Knie beugten und er niederkniete. Sein Kopf neigte sich tief. Er verbeugte sich – vor dieser Frau. Und was geschah mit Mitleide? Was geschah mit ihrem Herzen, als sich die Blicke der beiden Menschen kreuzten? Es war etwas Wunderbares und Schmerzliches zugleich geschehen.

„Er ist der Peiniger Eures Vaters. Er hält ihn gefangen“, zischte leise mit heiserer hasserfüllter Stimme der Diener ihr zu. „Doch geht mit ihm! Werdet sein Weib! Dann könnt Ihr ihn töten und Euren Vater befreien!“ „Weißt du nicht, dass ich Mitleide bin und niemanden töten kann“, antwortete sie mit leiser Stimme und sah ihn mit traurigen Augen an. „König Beowulf, ich werde mit Dir gehen ins Schloss. Mein Diener und mein Rehlein werden mich begleiten. Ich will Deine Königin werden. Doch wann die Zeit der Vermählung kommen soll, das bestimme ich. Dann werde ich auch Dein Weib werden.“

„Kniet nieder vor Königin Mitleide!“ befahl Beowulf seinem Jagdgefolge. „Sie ist jetzt schon Eure Königin. Sendet Melder ins Schloss! Herolde sollen die Königin ankündigen, und das Schlossgefolge soll sie würdig empfangen.“ Behutsam hob er die feengleiche Gestalt auf sein Pferd und umschloss sie zärtlich mit seinen gepanzerten Armen. Zwei Liebende? – Zwei Hassende?

Die Kunde von einer wunderschönen gütigen neuen Königin war inzwischen durch die Lüfte vorausgeeilt. Im Schloss war mit fieberhafter Freude alles für einen würdigen Empfang vorbereitet worden. Die Frauengemächer der verstorbenen Königin wurden auf das Schönste und Kostbarste herausgeputzt, die Zuwege zum Schloss von Steinen befreit, mit purpurfarbenen Samtteppichen belegt und mit einem bezaubernd duftenden Blütenmeer bestreut. Jung und Alt, alle Bewohner, die von der freudigen Nachricht erfahren hatten, säumten die Wege, um ihrer neuen Königin zujubeln zu können.

Allen, an denen das Königspaar vorbeiritt, stockte bei dessen Anblick für einen Augenblick der Atem. Ein leises Raunen pflanzte sich wellenartig weiter: „Sie ist eine Glücksfee. Sie wird König Beowulf bestimmt zur Gerechtigkeit verzaubern und dann König Willibar befreien.“

Beglückt hob Beowulf nun sein kostbares Kleinod vom Pferd, und Hand in Hand gingen sie durch alle herrschaftlich geschmückten Palasträume bis zum Schlafgemach der Königin. Hier stockte Mitleides Fuß: „Mein Gebieter, erfülle mir einen Wunsch! Lass mich meinen Vater, den König Willibar, im Kerker besuchen, schenke meinem Vater die Freiheit!“

Entsetzt sprang Beowulf zurück: „Niemals!“ Sein gellender Schrei ließ die Schlossmauern und das zurückgebliebene Gesinde erzittern.

In wortloser Traurigkeit öffnete Mitleide die Tür ihres Schlafgemachs und verschloss sie vor den trostlosen Augen des Schlossgebieters.

Das Königspaar saß sich von nun an bei den mit den seltensten Köstlichkeiten gerichteten Tischmahlzeiten stumm gegenüber. Immer wieder begegneten sich bei den Schlafensgängen ihre fragenden Blicke. Und immer wieder unerbittliche Verneinung und unsagbares Weh auf beiden Seiten.

Da ließen schmetternde Fanfarenklänge berittener Herolde eine Freudenbotschaft schnell verbreiten. Der königliche Bruder Sigurd war auf dem Weg nach Hause. Er hatte von der bevorstehenden Vermählung seines Bruders gehört und wollte das junge Paar beglückwünschen.

Im Freudentaumel zu den Festvorbereitungen für den besonderen Gast war nun das Königspaar friedlich vereint. Jeder bemühte sich mit seinen Möglichkeiten ein besonderes Jubelfest zu Ehren des Gastes werden zu lassen. Blumenteppiche säumten die Zutrittswege zum Schloss, Jubelgesang tönte aus aller Munde. Der Duft köstlich zubereiteter Speisen wurde vom Winde vorausgetrieben. Das fröhliche Geklirr von Ritterrüstungen und Waffen war zu vernehmen. Denn auch Ritterspiele sollten zur Festbelustigung mit beitragen.

Da brauste schon im freudigen Galopp der königliche Bruder heran und zügelte seinen Schimmel vor dem Königspaar. Dann sprang er vom Pferd und kniete nieder. Seine Blicke suchten zuerst die glücklichen Augen seines Bruders, dann begegneten sie auch denen Mitleidens. Bewunderung, Achtung und Ehrerbietung zollte er ihr. Verschämt von den bewundernden Blicken des jungen Edelmannes und seiner galanten Verbeugung, lächelte Mitleide liebenswert zurück.

Auch Beowulf war das Spiel der Blicke dieser beiden Menschen nicht entgangen: „Verfluchter, du maßt dir an, mit deinen Blicken mein Weib zu begehren? Hinweg mit dir! Aus mit dem Fest!“

„Ich gehe schon von dannen, auf Nimmerwiedersehen. Nicht Begierde war es, sondern Ehrerbietung, die ich der Königin zollte. Lebt wohl, Ihr beiden geliebten Menschen!“

Königin, Schlossbevölkerung und auch Beowulf blieben in tiefer Bedrückung zurück.

Immer lauter wurde das Murren der Geknechteten dieses Königsreichs, die die Herrschaft ihres alten gütigen Königs Willibar nun noch inniger herbeisehnten.

Da kam der treue Diener Gernod in Kriegsrüstung in die königlichen Gemächer Mitleides gestürzt. „Königin, Ihr könnt Euren Vater befreien! Unser Volk ist im Aufstand und hat die Kriegsmannen des finsteren Beowulf überwunden! Hier ist der Schlüssel zum Kerkerverlies!“

Schluchzend, mit zitternden Händen öffnete Mitleide die verbotene Hintertreppe und hetzte die Stufen hinunter zum Kerker. Stinkender Modergeruch kam ihr entgegen. An den Kerkerstäben rüttelten schreiend verzweifelte, zu Skeletten abgemagerte Elendsgestalten. Da, ein Einzelverlies! An Händen und Füßen angekettet, auf dem kalten Erdboden, kauerte ihr Vater, der König Willibar. Nur sein langes, schlohweißes Haar umhüllte den abgezehrten Körper. In den Augen allerdings, da glänzte ein ungebrochener Königsstolz.

„Vater, Vater, mein geliebter Vater!“ „Mein unendlich geliebtes Kind!“ Glücksschluchzend umarmten sich die beiden Wiedergefundenen.

Kriegsgeschrei und Kettengerassel drang immer näher ins Kerkergewölbe und die Kerkertür wurde mit unbändiger Gewalt aufgestoßen. In seiner gepanzerten Ritterkleidung stand der vor Zorn bebende Beowulf vor Mitleide, die ihren Vater mit ihrem Körper zu schützen versuchte. Er riss sie mit roher Gewalt los und schleuderte sie in blinder Wut gegen die steinernen Kellerstufen. Schäumend vor Wut schrie er: „Du hast mein Verbot missachtet! Du Verfluchte!“

Als ob kostbares Kristall zerbarst, so ertönte ein Knall, als der zarte Kopf Mitleidens auf den Steinfußboden fiel. Aus einer klaffenden Kopfwunde schoss ein nicht enden wollender Blutstrom heraus. Die Königin sank zusammen, ihre Augen brachen. „Mitleide, geliebte Mitleide, erwache wieder!“ Aufschluchzend hob der hünenhafte Beowulf die elfenzarte totenbleiche geliebte Frau auf die oberste Treppenbank. „Mitleide, geliebte Mitleide, vergib mir und erwache!“

Wieder drang Kriegsgeschrei und Rüstungsgerassel in den Keller. König Sigurd war es, den ausgesandte Boten herbeigeholt hatten. Er sollte Frieden stiften.

Da sah er die von ihm Angebetete, die so heimlich geliebte Frau in ihrem Blute im Sterben liegen, von seinem Bruder erschlagen. „Du grausamer Wüstling!“, schrie er. Er zog sein Schwert und wollte es in wilder Verzweiflung Beowulf in den Rücken stoßen.

„Nein, keinen Brudermord!“, mit diesen Worten riss der treue Kammerdiener das Schwert an sich, und er selbst stieß es dem knieenden Beowulf in den Rücken. Ein gewaltiger Blutstrom quoll aus dessen Mund: „Mitleide“, stöhnte der Sterbende.

Aufschluchzend brach auch König Sigurd an dem Totenlager der beiden von ihm so geliebten Menschen zusammen.

Da öffnete die schon Totgeglaubte noch einmal die Augen. Mit einem warmen gütigen Lächeln bedachte sie Sigurd, und dann drehte sie sich Beowulf zu. Ihre Blicke kreuzten sich wie bei dem ersten Mal ihrer Begegnung. Unendliche Liebe strömte ineinander. „Beowulf, ich liebe dich! Ich bin dein Weib!“ „Und ich dein Mann!“ Im Sterben waren sie nun ganz und für immer vereint.

Inzwischen hatten die beiden einst so feindlichen Lager tief erschüttert die beiden Könige nebeneinander aufgebahrt: König Beowulf und Königin Mitleide zum Abschiednehmen für jedermann.

König Sigurds Haare waren plötzlich ganz weiß geworden. Mit lauter Stimme gelobte er: „Es soll Frieden geben für alle! Der kleine Fluss wird zwar immer eine Grenze bleiben, doch der Übergang ist für jedermann da!“

Und wenn am Abend in der Heide die Irrlichter flackern und wandern, dann erzählen sich flüsternd raunend Alt und Jung die bewegende Geschichte des Liebespaares Beowulf und Mitleide:

Denn abends über die Heide – wandeln Hand in Hand – in inniger Liebe vereint – König Beowulf und Königin Mitleide.